Der Wolf und die sieben Geißlein

Ernst Klett Sprachen
Stuttgart

Eine Geiß hatte sieben Geißlein. Die Mutter hatte ihre Kinder sehr lieb. Einmal musste die Mutter in den Wald und Futter holen. Die Mutter rief ihre sieben Kinder.

die Geiß: ein anderes Wort für Ziege
die Geißlein: kleine Ziegen
2 das Futter: das, was Tiere fressen

Die Mutter sagte: „Kinder, ich muss Essen holen.
Bleibt im Haus und öffnet nicht die Tür! Wenn der Wolf kommt,
frisst er euch alle auf! Ihr könnt den Wolf erkennen:
Er hat eine raue Stimme und schwarze Pfoten."
Die Kinder sagten: „Wir passen auf!" Dann ging die Mutter los.

öffnen: aufmachen
der Wolf: ein wildes und gefährliches Tier
eine raue Stimme: So sprichst du, wenn du erkältet bist.
aufpassen: vorsichtig sein

3

Bald danach klopfte es an der Tür. Jemand rief:
„Macht auf, Kinder. Ich bin es, eure Mutter.
Ich habe euch etwas mitgebracht."

jemand: ein Mensch, eine Person
rief / rufen: etwas sehr laut sagen
aufmachen: die Tür öffnen
mitgebracht / mitbringen: Zum Geburtstag bringt dir ein Freund ein Geschenk mit.

Aber die Geißlein riefen: „Wir machen die Tür nicht auf. Du bist nicht unsere Mutter. Unsere Mutter hat eine sanfte Stimme, aber deine Stimme ist rau. Du bist der Wolf!"

sanft: weich, nicht rau
die Stimme: Du hörst sie, wenn jemand spricht.
rau: nicht weich; nicht glatt

Der Wolf kaufte ein großes Stück Kreide. Er fraß die Kreide.
Davon wurde seine Stimme sanft. Dann klopfte er wieder bei
den Geißlein an die Tür.
Diesmal sagte der Wolf mit sanfter Stimme: „Macht auf, Kinder.
Ich bin es, eure Mutter. Ich habe euch etwas mitgebracht."

die Kreide: Damit schreibst du an die Tafel oder malst auf der Straße.
fraß / fressen: Die Tiere fressen, die Menschen essen.
klopfen: mit der Hand oder Faust an die Tür schlagen

Durch das Fenster konnten die Geißlein eine schwarze Pfote
sehen. Da riefen die Geißlein: „Wir machen die Tür nicht auf.
Du bist nicht unsere Mutter. Du hast eine schwarze Pfote.
Unsere Mutter hat weißes Fell. Du bist der Wolf!"

die Pfote: der Fuß von einem Tier
das Fell: die Haare am Körper von Tieren

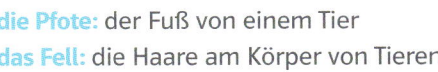

Da ging der Wolf zum Bäcker. Er sagte: „Mein Fuß tut mir sehr weh. Streich mir Teig auf die Pfote." Das tat der Bäcker.

der Bäcker: ein Beruf. Der Bäcker backt das Brot oder den Kuchen.
streichen: eine Flüssigkeit oder Farbe verteilen
der Teig: aus Teig machst du Kuchen, Brot oder Kekse

Danach lief der Wolf zum Müller. Der Wolf sagte: „Streu weißes Mehl auf meine Pfote." Der Müller wollte das nicht tun. Aber der Wolf drohte: „Du musst das tun! Oder ich fresse dich!" Da hatte der Müller große Angst und streute Mehl auf die Pfote.

der Müller: ein Beruf. Der Müller macht das Mehl für den Bäcker.

streuen: Körner oder Pulver leicht werfen oder fallen lassen

drohen: jemandem Angst machen

die Angst: ein Gefühl, wenn etwas Schlimmes passiert; sich fürchten

Dann ging der Wolf zum dritten Mal zum Haus der Geißlein.

Der Wolf sagte mit sanfter Stimme: „Macht auf, Kinder! Ich bin es, eure Mutter! Ich habe euch etwas mitgebracht." Die Kinder wollten die Pfote sehen. Sie sahen die weiße Pfote im Fenster. Da öffneten sie die Tür.

Vor der Tür stand aber nicht die liebe Mutter. Es war der böse Wolf! Die Geißlein hatten sehr große Angst. Sie versteckten sich schnell.

sich verstecken: Sie gehen dorthin, wo der Wolf sie nicht sehen oder finden kann.

Das erste Geißlein sprang unter den Tisch, das zweite ins Bett, das dritte in den Ofen, das vierte in die Küche, das fünfte in den Schrank, das sechste unter die Waschschüssel und das siebte versteckte sich in der großen Uhr.

der Ofen: Mit einem Ofen kannst du ein Zimmer warm machen.
die Waschschüssel: Früher mussten sich die Leute in einer Schüssel waschen.

Doch der Wolf fand die Geißlein. Und er verschluckte sie schnell.
Danach war der Wolf sehr satt. Er ging aus dem Haus.

fand / finden: Wenn du etwas siehst, was du gesucht hast.

verschlucken: schnell essen, ohne zu kauen; Das Essen vom Mund in den Bauch bringen.

satt: Wenn du keinen Hunger mehr hast, bist du satt.

Nur das siebte Geißlein fand der Wolf nicht. Das saß immer noch in der großen Uhr.

Der Wolf war sehr satt und hatte einen sehr vollen Bauch.
Er legte sich auf die Wiese unter einen Baum und schlief
sofort ein.

voll: nicht leer
der Bauch: Der Bauch ist zwischen Brust und Beinen.
die Wiese: Im Sommer blühen auf der grünen Wiese viele schöne Blumen.
sofort: gleich, in diesem Moment

Dann kam die Mutter nach Hause. Oh weh, was sah sie da!
Die Tür war offen. Alles lag auf dem Boden. Sie rief ihre Kinder.
Niemand antwortete. Doch dann hörte sie das siebte Geißlein.
Die Mutter holte es aus der Uhr heraus. Das Geißlein erzählte
alles. Beide weinten sehr.

....

der Boden: darauf stehst du im Zimmer
niemand: keiner, kein Mensch
weinen: Tränen fließen aus deinen Augen, du bist dann sehr traurig.

Die Mutter und das Geißlein gingen hinaus. Da sahen sie den Wolf auf der Wiese. Er schlief fest. Aber in seinem dicken Bauch bewegte sich etwas. Schnell holte das Geißlein Schere, Nadel und Faden. Die Mutter öffnete den Bauch mit der Schere. Da sprangen alle Geißlein gesund aus dem Bauch heraus.

die Schere: damit kannst du etwas in Stücke zerschneiden
die Nadel: Die Mutter näht mit der Nadel ein Kleid.
der Faden: eine sehr dünne, lange Schnur
öffnen: mit einem Messer oder einer Schere ein Loch machen

Alle freuten sich sehr. Sie umarmten sich. Dann sagte die Mutter: „Kinder, geht und sucht große Steine!" Jedes Kind kam mit einem dicken Stein zurück. Die Geißlein legten die Steine dem Wolf in den Bauch. Die Mutter nähte den Bauch schnell wieder zu.

(sich) umarmen: die Arme um den Körper einer Person legen, die du magst
der Stein: ein hartes Stück von einem Felsen oder einem Berg
zunähen: mit Nadel und Faden wieder zumachen oder schließen

Kurze Zeit später wurde der Wolf wach. Er hatte großen Durst.
Er stand auf. Sein schwerer Bauch tat ihm sehr weh. Da rief er:
„Was rumpelt und pumpelt in meinem Bauch herum?"

wach werden: Der Schlaf ist zu Ende, du wirst morgens wieder munter.
der Durst: Wenn du etwas trinken musst, dann hast du Durst.
rumpeln und pumpeln: sich laut bewegen

Der Wolf wollte trinken, aber die Steine waren sehr schwer.
Der Wolf fiel in den Brunnen und ertrank.
Die Mutter und die Geißlein freuten sich. Sie tanzten um den
Brunnen und riefen: „Der Wolf ist tot! Der Wolf ist tot!"

fiel / fallen: etwas bewegt sich schnell von oben nach unten
der Brunnen: Du kannst dort Wasser holen.
ertrank / ertrinken: Der Wolf stirbt, weil er unter Wasser nicht mehr atmen kann.
tot: nicht mehr leben, gestorben

Wortschatz

aufstehen

er steht auf – er stand auf –
er ist aufgestanden

wenn du im Bett liegst und
dich dann auf die Füße stellst

Der Bauer muss jeden Morgen
früh aufstehen.

jemand

eine Person, ein Mensch

Jemand hat meinen Bleistift
genommen. Wer war das?

der **Bauch** –
die Bäuche

Der Bauch ist zwischen Brust und Beinen.

Er hat zu viel gegessen.
Jetzt tut der Bauch weh.

klopfen

er klopft – er klopfte – er hat geklopft

mit der Hand an die Tür schlagen

Die Klingel an der Tür war kaputt,
deshalb klopfte sie.

erkennen

sie erkennt ihn – sie erkannte ihn –
sie hat ihn erkannt

wenn du merkst, dass du eine Person
schon kennst

Sie erkannte den Mann nicht sofort,
denn er trug eine Mütze.

das **Mehl**

ein Pulver, mit dem du Brot,
Kuchen und Kekse backen kannst

Wir haben zu Hause weißes Mehl
und braunes Mehl.

die **Nadel** –
die Nadeln

mit der Nadel kannst du nähen

Die Nadel ist spitz und ich habe mir wehgetan.

satt

keinen Hunger haben

Er hat so viel Kuchen gegessen, dass er am Abend noch satt war.

niemand

kein Mensch

Nein, du kannst nicht kommen. Niemand ist zu Hause.

die **Schere** –
die Scheren

mit der Schere schneidest du Papier oder Stoff

Wir haben viele Scheren. Auch eine, um die Haare zu schneiden.

die **Pfote** –
die Pfoten

Tiere haben keine Hände und Füße. Sie haben Pfoten.

Unser Hund hat braune Pfoten.

der **Stein** –
die Steine

ein hartes Stück von einem Felsen oder einem Berg

Am Fluss gibt es flache, runde, große und kleine Steine.

sanft

etwas, das weich ist oder jemand der lieb ist

Die Mutter hatte eine sanfte Stimme.

Wortschatz

streuen

er streut – er streute – er hat gestreut

Körner oder Pulver leicht werfen oder fallen lassen

Er streute Zucker über den Teig.

der Teig – die Teige

eine weiche Masse, aus der du Brot oder Kuchen machen kannst

Der Teig ist zu dick. Du musst noch ein bisschen Wasser dazugeben.

umarmen

er umarmt sie – er umarmte sie – er hat sie umarmt

die Arme um eine Person legen

Sie waren gute Freunde. Sie umarmten sich jedes Mal, wenn sie sich sahen.

sich verstecken

er versteckt sich – er versteckte sich – er hat sich versteckt

zu einem Ort gehen, so dass andere Personen dich nicht sehen und finden können

Das Kind versteckte sich hinter dem Baum.

weinen

sie weint – sie weinte – sie hat geweint

Wenn du traurig bist oder dir etwas wehtut, kommen oft Tränen aus den Augen.

Er fiel vom Fahrrad. Das tat weh. Er weinte lange.

zunähen

sie näht es zu – sie nähte es zu – sie hat es zugenäht

ein Loch wieder schließen

Das Kleid hatte ein Loch. Sie nähte es wieder zu.

Sieh dir die Wortschatz-Wörter nochmals an.
Welche Wörter sind neu für dich? Welche magst du gerne?
Schreibe sie auf.

Meine neuen Wörter

Diese Wörter mag ich

Rätsel 1: Welche Silbe passt?

Hallo, ich bin das siebte Geißlein.
Bei den Wörtern aus dem Märchen fehlen Silben.
Schreibe sie vor das Verb. Findest du das Lösungswort?

1. _____ armen
2. _____ stecken
3. _____ schlafen
4. _____ nähen
5. _____ stehen

ver **F**

zu **T**

auf **E**

ein **O**

um **P**

Lösung: ◯ ◯ ◯ ◯ ◯
           1   2   3   4   5

> Ich habe sieben Wörter aus dem
> Märchen für dich versteckt.
> Suche sie im Gitter. Schreibe sie auf.

I	F	Z	M	O	M	R	V	W
S	T	R	E	I	C	H	E	N
T	W	A	T	W	P	B	R	E
R	R	U	N	E	I	L	S	A
E	J	Z	S	A	N	F	T	S
U	C	A	Q	B	M	R	E	L
E	S	O	P	B	A	U	C	H
N	O	U	Z	T	R	E	K	U
L	P	A	D	U	G	T	E	R
I	S	D	R	O	H	E	N	T

1 _____

2 _____

3 _____

4 _____

5 _____

6 _____

7 _____

Rätsel 3: Was passt zusammen?

Was gehört zusammen?
Verbinde.

Der Müller streut ...

... in den Brunnen und ertrinkt.

... Mehl auf die Pfote.

Der Wolf fällt ...

Die Geißlein rufen: ...

... den Bauch mit der Schere.

Die Kinder suchen ...

... den Bauch zu.

Die Mutter öffnet ...

... „Der Wolf ist tot!"

Die Mutter näht ...

... große Steine.

Lies die Sätze. Wer spricht?
Verbinde.

„Unsere Mutter
hat eine sanfte Stimme,
aber deine Stimme
ist rau."

„Geht und sucht
große Steine!"

„Mein Fuß tut weh.
Streich mir Teig
auf die Pfote."

„Du musst das tun!
Oder ich fresse dich!"

„Keine Angst!
Wir passen auf."

„Was
rumpelt und pumpelt
in meinem
Bauch herum?"

Rätsel 5: Was stimmt hier nicht?

> In jedem Satz gibt es einen Fehler.
> Streiche das falsche Wort durch.
> Schreibe das richtige Wort auf.
> Findest du das Lösungswort?

1 Der Wolf ging zum Müller.
Er sagte: „Streu mir Kreide auf die Pfote."

__ __ __ __
1

2 Der Wolf klopfte an die Waschschüssel.

__ __ __
3

3 Die Geißlein sahen die weiße Nase im Fenster.

__ __ __ __ __
4

4 Das siebte Geißlein versteckte sich in der Küche.

__ __ __
2   6

5 Die Mutter öffnete den Bauch.
Sie sagte: „Geht und sucht große Kreide."

__ __ __ __ __ __
5

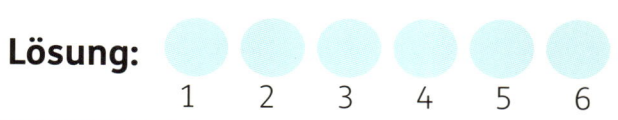

Lösung:
1 2 3 4 5 6

Diese Geschichte ist schon sehr alt.
Schreibe sie in der Vergangenheit. Tausche die
bunten Wörter mit denen aus der Wörterkiste.

Die Mutter und das Geißlein gehen __ __ __ __ __ __

auf die Wiese. Da sehen __ __ __ __ __ sie den Wolf.

Die Mutter öffnet __ __ __ __ __ __ __ den Bauch und

ein Geißlein nach dem anderen springt __ __ __ __ __ __ gesund

aus dem Wolf heraus. Der Wolf hat __ __ __ __ __ großen Durst.

Als er aufsteht __ __ __ __ __ __ __ __ __ , tut __ __ __ ihm

der Bauch weh. Am Ende fällt __ __ __ __ der Wolf

in den Brunnen und ertrinkt __ __ __ __ __ __ __ __ .

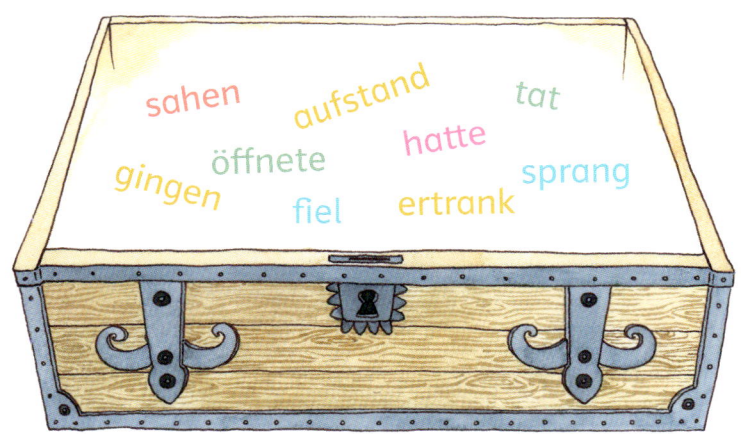

sahen   aufstand   tat
öffnete   hatte
gingen   fiel   ertrank   sprang

Alles Digitale zu diesem Buch kann auf der Lernplattform
allango von Ernst Klett Sprachen abgerufen werden. So geht's:

 QR-Code scannen
oder **www.allango.net**
aufrufen

Buchtitel oder ISBN in
der Suche eingeben und
auf das Buchcover klicken

Zum Inhalt navigieren,
direkt abrufen
oder speichern

Zu diesem Buch auf allango verfügbar: das ganze Märchen als **Hörtext**.

1. Auflage   1 8 7 6 5 4 | 2027 26 25 24 23

Alle Drucke dieser Auflage sind unverändert und können im Unterricht nebeneinander verwendet werden.
Die letzte Zahl bezeichnet das Jahr des Druckes. Das Werk und seine Teile sind urheberrechtlich geschützt.
Jede Nutzung in anderen als den gesetzlich zugelassenen Fällen bedarf der vorherigen schriftlichen
Einwilligung des Verlags.

© Ernst Klett Sprachen GmbH, Rotebühlstraße 77, 70178 Stuttgart, 2017.
Alle Rechte vorbehalten.
www.klett-sprachen.de

Autorin und Autor: Angelika Lundquist-Mog (Didaktisierung, Übungen, Annotationen)
                   Paul Mog (Bearbeitung Märchentext)

Konzept und Redaktion: Sebastian Weber
Illustrationen: Friederike Ablang, Berlin
Layoutkonzeption: Maja Merz
Gestaltung und Satz: Eva Lettenmayer, Gerlingen
Reprografie: Meyle+Müller, Pforzheim
Umschlaggestaltung: Maja Merz
Druck und Bindung: AZ Druck und Datentechnik GmbH, Kempten/Allgäu

Printed in Germany
ISBN 978-3-12-674909-1